UN

GRAND LIVRE

POUR LES

PETITS ENFANTS.

Paris,

AMÉDÉE BÉDELET

Rue des G⁰⁰ Augustins, 20.

A. Guiaud del.   Lith de J. Mayer Paris

UN GRAND LIVRE

POUR

LES PETITS ENFANTS

———

ALPHABETS.

IMPRIMERIE SCHNEIDER et LANGRAND,
Rue d'Erfurth, 1.

UN GRAND LIVRE

Pour les Petits Enfans,

ALPHABET

suivi des Contes et Chansons de ma Bonne, de Fables,
avec Illustrations dans le texte,

et des Gravures coloriees.

PARIS

AMÉDÉE BÉDELET,
Rue des Gds Augustins 20.

1845

PREMIER ALPHABET.

MAJUSCULES.

A B C D E

F G H I J

K L M N O

P Q R S T

U V X Y Z

Æ Œ W & &ra

DEUXIÈME ALPHABET.

MINUSCULES.

a b c d e f g

h i j k l m n

o p q r s t u

v x y z æ œ w

CHIFFRES ROMAINS.

I II III IV V

VI VII VIII IX X

I.

Aigle

II.

Bossu

III.

Cerceau.

IV.

Daim

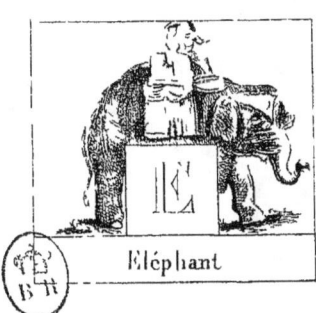

V.

Éléphant

VII.

Fusil

TROISIEME ALPHABET.

LETTRES ITALIQUES.

CHIFFRES ARABES.

QUATRIÈME ALPHABET.

LETTRES DE RONDE.

α b c d e f g

b i j k l m u

o p q r s t u

v x y z œ œ œ

VOYELLES.

a e i o u y

CONSONNES.

b c d f g h j k l m n

p q r s t v x z

Gamin.

Hibou.

Indien.

Kanguroo

Lion.

Mendiant.

CINQUIÈME ALPHABET.

LETTRES MAJUSCULES ANGLAISES.

A B C D

E F G H

I J K L

M N O P

Q R S T

U V X Y

Z W & &ra

SIXIÈME ALPHABET.

LETTRES MINUSCULES ANGLAISES.

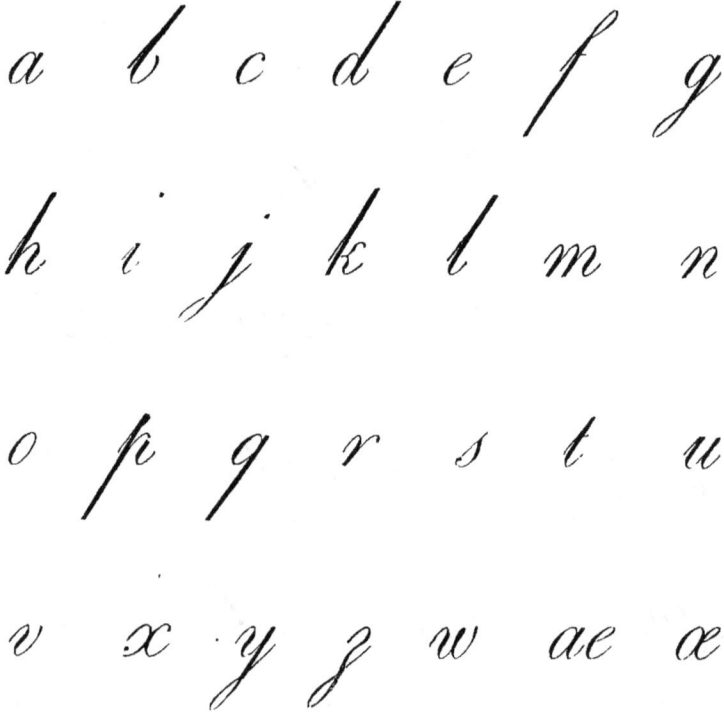

DIFFÉRENTES SORTES D'É

e	é	è	ê
muet	aigu	grave	ouvert

XIII.

Nègre

XIV.

Ours

XV.

Paillasse

XVI.

Quilles.

XVII.

Renne

XVIII.

Sapeur

PREMIER EXERCICE.

—

ba	be	bi	bo	bu
ca	ce	ci	ço	çu
da	de	di	do	du
fa	fe	fi	fo	fu
ga	ge	gi	go	gu
ha	he	hi	ho	hu
ja	je	ji	jo	ju
la	le	li	lo	lu
ma	me	mi	mo	mu
na	ne	ni	no	nu
pa	pe	pi	po	pu
ra	re	ri	ro	ru
sa	se	si	so	su
ta	te	ti	to	tu
va	ve	vi	vo	vu
xa	xe	xi	xo	xu

DEUXIÈME EXERCICE.

af fa ag ga ak ka al la

ek ke el le em me en ne

if fi ig gi ik ki il li

ok ko ol lo om mo on no

uf fu ug gu uk ku ul lu

ap pa ar ra as sa at ta

es se et te ev ve ez ze

ip pi ir ri is si it ti

os so ot to ov vo oz zo

up pu ur ru us su ut tu

XIX.

Tigre

XX.

Unau

XXI.

Vautour

XXII.

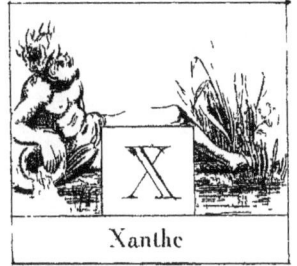

Xanthe

XXIII.

Yapou.

XXIV.

Zanguebar

Lith J. Mayer

---

bas, main, dé, cou, œil, yeux,
doigt, pain.

---

pou-pée, bon-net, cha-peau,
plu - me, voi - le, ru - ban,
che-veux, mou-choir, ba-gue,
bou-cle, man-che, bi-jou.

---

ta-bli-er, é-char-pe, bro-de-quin
sou - li - er, man - chet - tes,
cein-tu-re, col-li-er, bra-ce-let
ro-set-te.

---

gar - ni - tu - re, pè - le - ri - ne,
col - le - ret - te, ca - mi - so - le,
ca-che-mi-re, pa-la-ti-ne.

QUATRIÈME EXERCICE.

---

fu-sil, lan-ce, cas-que, che-val,
sel-le, bri-de, har-nais, tam-bour,
plu-met, pou-dre, pom-pon.

é-ten-dard, pis-to-let, trom-pet-te
bau-dri-er, é-pe-ron, é-pé-e,
gi-ber-ne, car-tou-che, ba-tail-le.

---

of-fi-ci-er, ca-va-li-er, ca-pi-tai-ne
é-pau-let-te, sen-ti-nel-le,
ca-non-ni-er, al-gé-ri-en.

---

corps de garde, sergent-major.

---

qui vive? en joue, feu!

Médor! attention au commandement!

CINQUIÈME EXERCICE.

L'ENFANT TAQUIN.

La bonne maman du petit Albert avait un joli petit épagneul, qu'elle aimait beaucoup.

Mais Albert, malgré ses prières, tourmentait sans cesse le petit animal.

Un jour, il réussit à l'emmener loin des yeux de sa maîtresse protectrice.

Allons, Médor, dit-il, la patte; levez la tête, tendez le jarret. Une, deux, mieux que cela donc.

Et lui tirant les oreilles, la queue, il le fatigua si bien, que Médor, impatienté, s'élança au visage de son persécuteur, et lui mordit la joue.

SIXIÈME EXERCICE.

———

Venez, petits Enfants, entrez dans ma boutique, voilà des Poupées, des Cerfs-Volants, des Lanternes magiques, des Balles, des Toupies, des Cerceaux et des Raquettes; mais que nul de vous n'ait été ce matin menteur ou désobéissant! car je n'ai de joujoux que pour les Enfants bien sages.

———

Emilie est une petite fille paresseuse et emportée, elle voulait tailler une robe à sa poupée, mais comme elle n'a point réussi, elle l'a déchirée en mille pièces.

Tandis que Julie qui est patiente sait déjà bien travailler, elle fait pour les pauvres petits enfants des Chemises et des Bonnets, et ils sont si reconnaissants, qu'ils prient Dieu pour elle tous les jours.

Petits.... petits..... petits !

LA PETITE DORMEUSE.

Tu bâilles, Marie, petite paresseuse; tu voudrais dormir encore? et la petite Jeannette chante déjà depuis longtemps là-bas, en distribuant la nourriture aux animaux de la ferme.

Vite, mets ton grand chapeau de paille et viens déjeuner avec moi sur l'herbe toute semée de pâquerettes que tu t'amuseras à cueillir.

Mais avant, Marie, il faut dire tes prières; de même que tu demandes ton père et que tu m'embrasses en t'éveillant, il faut penser à Dieu chaque matin, car il est notre père à tous. Tu veux le voir, dis-tu? regarde ce beau ciel bleu, Marie : c'est sa demeure, c'est de là qu'il veille sur toi, qu'il te bénit, lorsque tu es bien obéissante.

Tous les animaux que tu vois dans ce pré sont des quadrupèdes : on les nomme ainsi parce qu'ils ont quatre pieds; on les appelle aussi des animaux domestiques, c'est-à-dire, que Dieu les a placés près de nous pour nous être soumis et produire ce qui nous est le plus nécessaire, la nourriture et les vêtements.

Il y a d'autres animaux qui sont bien méchants et qui mangent les hommes : on les appelle des bêtes féroces. N'aie pas peur, Marie, il n'y en a point ici. Quand nous irons à Paris, je te conduirai dans un beau jardin où tu verras tous ces animaux enfermés dans de grandes cages, et ils ne pourront te faire de mal.

CHIEN.

Holà! Bolo! à bas! à bas! on n'aboie pas ainsi contre des amis. N'aie pas peur, Marie, il est à la chaîne le grand Bolo, il fera plus de bruit que de mal; c'est un bon gardien qui fait trembler les loups.

Ah! voici Brisquet, son vieux maître n'est pas loin sûrement; car la bonne bête ne laisserait pas ainsi sans conducteur le pauvre aveugle mendiant. Viens, Marie, nous lui donnerons cette belle petite pièce de monnaie que tu as gagnée hier en lisant si bien ta leçon.

VACHE.

Jeannette, donne-nous, je te prie, une tasse du lait de ta belle vache et un morceau de ton pain bis. Vois, Marie, comme la bonne bête se laisse conduire paisiblement ; d'un coup de ses cornes aiguës, elle pourrait cependant écarter l'enfant qui la dirige.

Dans ce bœuf si puissant, reconnaîtrais-tu le jeune veau qui venait l'an dernier manger les poignées d'herbes que nous lui présentions ; mais, pauvre animal, bientôt il quittera ce pré où il rumine si à l'aise, il sera conduit à la ville, et vendu pour être mangé.

CHEVAL.

Prends bien garde, Marie, ne cours pas ainsi ; ce vigoureux cheval n'a pas encore été dressé, il se cabre, et d'un coup de ses pieds il t'écraserait, pauvre petite, comme cette jolie mouche verte et dorée que tu regardes courir sur ta main.

Celui-ci avait autrefois le poil aussi lustré et l'allure aussi prompte ; mais le pauvre vieux cheval a été au service d'un méchant maître qui l'accablait de fardeaux et de coups, sans lui donner autre chose qu'une chétive portion de foin sec et de paille.

MOUTON.

Maman, maman, venez donc vite empêcher qu'on ne tue ces pauvres moutons. Entendez-vous comme ils bêlent tristement?

Rassure-toi, Marie, on ne leur fera aucun mal, mais ils ne le comprennent pas : on les dépouille seulement de leur toison de laine, on en fera des matelas et de chaudes couvertures, ou bien, quand elle sera filée, on en tissera des vêtements d'hiver.

Bée...é ..é... Ah! maman, j'entends Bibarbiche. Hé, bonjour donc, ma vieille nourrice! oui, cabriole pour me fêter et m'appeler. Crois-tu, folle, que je puis grimper là-haut comme toi? Va plutôt, ma vieille, va avec ton biquet manger ce bon trèfle que Jeannette a cueilli pour vous.

FRÈRE ET SOEUR.

Dis donc, petite sœur, mes joujoux m'ennuient, veux-tu m'amuser, toi?

— Oui, tiens, voilà des fleurs; fais un bouquet : vois les belles roses! Attends, je vais ôter les épines qui te piqueraient les doigts.

Raoul prit les fleurs et les effeuilla en boudant, et quand toutes furent détruites, il redevint oisif et ennuyé.

— Que veux-tu que je fasse? dit la petite Berthe. Si je savais de beaux contes et des chansons comme notre bonne, je t'en raconterais.

— Viens la chercher, dit Raoul le pleureur.

Ce n'était cependant pas un enfant grognon que le petit Raoul, mais il avait bien sommeil ce soir-là, et il ne savait à qui s'en prendre en sentant ses grands yeux s'engourdir et se fermer malgré lui.

La bonne le prit sur ses genoux, et, le berçant tendrement, chanta doucement les pitoyables aventures du chat de la mère Michel.

LA MÈRE MICHEL.

C'est la mère Michel qui a perdu son chat,

Qui crie par la fenêtre qui est-ce qui lui rendra,

Et monsieur Lustucru qui lui a répondu,

Allez, la mère Michel, votre chat n'est pas perdu.

Raoul, souriant à sa chanson favorite, accompagnait sa bonne en répétant les derniers mots.

DEUXIÈME COUPLET.

C'est la mère Michel qui lui a demandé,

Mon chat n'est pas perdu, vous l'avez donc trouvé.

Et monsieur Lustucru qui lui a répondu,

Donnez une récompense, il vous sera rendu.

Raoul ne chantait plus, et ses longs cils s'abaissaient doucement.

TROISIÈME COUPLET.

Et la mère Michel lui dit, C'est décidé,

Si vous rendez mon chat je vous embrasserai.

Et monsieur Lustucru qui n'en a pas voulu,

Lui dit, Pour un lapin votre chat est vendu.

Raoul dort. Chut! embrassez vos parents, enfants, allez prier Dieu, et dormez bien aussi.

Bonjour, chére maman. Embrassez-moi, car j'ai été bien sage aujourd'hui ; j'ai appris une belle fable, et je l'ai récitée sans faute.

— Redis-la-moi donc, chere petite, et je t'embrasserai deux fois.

LE CORBEAU ET LE RENARD.

Maître corbeau, sur un arbre perché.
Tenait en son bec un fromage.
Maître renard, par l'odeur alléché.
Lui tint à peu près ce langage :
Hé! bonjour. monsieur du corbeau.
Que vous êtes joli! que vous me semblez beau!
Sans mentir, si votre ramage
Se rapporte à votre plumage,
Vous êtes le phénix des hôtes de ces bois.

A ces mots, le corbeau ne se sent pas de joie ;
Et, pour montrer sa belle voix,
Il ouvre un large bec, laisse tomber sa proie.
Le renard s'en saisit, et dit : Mon bon monsieur,
Apprenez que tout flatteur
Vit aux dépens de celui qui l'écoute :
Cette leçon vaut bien un fromage, sans doute.
Le corbeau, honteux et confus,
Jura, mais un peu tard, qu'on ne l'y prendrait plus.

Marie récita cette fable posément ; elle observa atten-
tivement les repos qu'indiquent les points et les virgules,
et sa petite voix sut fort bien exprimer tour à tour les
réponses diverses de l'orgueilleux corbeau et du renard
flatteur.

Lorsqu'elle eut fini, sa mère lui donna tendrement
la récompense de caresses qu'elle lui avait promise, et
Marie s'engagea à réciter une autre fable le lendemain.

— Tu aimes donc bien les fables ? dit la maman.

— Oh ! d'abord si je les dis bien, vous m'embras-
serez encore, et puis vous savez que rien ne m'amuse
autant que les histoires et les images de bêtes.

Bois du bon lait, tigrette !

LA CHATTE ET SES PETITS.

Laisse-moi donc te coiffer, Minette, tu es si drôle comme cela! Tu ne veux pas, maussade? tu secoues tes oreilles... Tu es bien ennuyeuse, va. Depuis que tu as des petits, j'ai beau faire courir devant toi des balles rouges et vertes, beau faire claquer mes pelotes de papier, tu ne daignes pas bouger de ton coussin; tu fermes d'un air nonchalant tes beaux yeux jaunes. Toi qui ne m'as jamais fait de mal, tu serais, je crois, tentée d'essayer sur mes doigts la griffe de ta patte fourrée. Laisse - moi caresser tes petits enfants, ma vieille Minette. Je nommerai celui-ci Grisou, et cet autre, qui est plus beau avec ses taches brunes, rousses et noires, je l'appellerai Tigrette... N'est-ce pas, bonne maman?

— Oui, ma fille. Mais, pour le moment, ne les tourmente pas ainsi, viens près de moi. Tu m'as rappelé l'histoire d'un imprudent Minet : c'est une chanson. Apprends-la.

LES INFORTUNES DE MINET.

Une dame, en prenant ses ébats,
Eut fantaisie de coiffer son chat.
O pauvre bête !
Sur ton coussin, couché douillettement,
Pouvais-tu prévoir ces tourments !

Mon petit chat, venez, tenez-vous droit,
Je vais vous coiffer comme moi.
Vous aurez de la tarte
Et du pâté à votre goûter,
Si vous vous laissez bien coiffer.

Elle lui mit un chignon de cheveux,
Et un joli petit ruban bleu.
Et des pendants d'oreilles,
Puis un collier de perles fines au cou.
Ah ! qu'il était beau, le matou !

Elle le mit devant un miroir ;
Mais le chat eut peur de se voir :
　　Il prit la fuite,
Et s'en alla dedans une maison
Où il y avait trois méchants garçons.

Ils lui prirent son chignon de cheveux,
Et son joli petit ruban bleu,
　　Et ses pendants d'oreilles,
Puis le collier qu'il avait à son cou,
Et renvoyèrent le matou.

Quand la dame vit venir son chat,
Elle s'écria : Hola ! holà !
　　Vous irez sur les tuiles,
Et vous aurez du pain sec et de l'eau.
Et vous ferez, miau ! miao !

LIBRAIRIE DES

rue des Grands-Augustins,

Les petites filles, les petits garçons, tous les enfants studieux et sages, peuvent choisir à leur gré : sérieux ou badin, contes ou historiettes, science ou frivolité, LA BIBLIOTHEQUE DU PREMIER AGE est nombreuse et variée

PETITS ENFANTS.

n° 20, au 1er.

Livres mignons, livres joujoux, beaux alphabets dans lesquels on apprend à lire sans y penser, tant on y voit de brillants militaires, de jolis bouquets, de beaux oiseaux et des animaux de toutes sortes.

Le Petit Bazar en images,

Alphabet grave et gai, exercices de lectures gradués, suivis des premières prières, instructions religieuses, petites histoires et belles images.

Les Jeux de la Poupée,

Excellent traité de leur éducation, contes, historiettes et conversations d'une gentille petite fille, maman de sa poupée.

Le Livre des petits Garçons,

Histoire de nombre de petits garçons méchants et corrigés; bons et récompensés. Extraits des œuvres de Berquin et autres amis de l'enfance.

Le Petit Magasin des Enfants,

Aventures extraordinaires de la Belle et la Bête, du prince Chéri, et autres merveilleux effets des coups de baguettes de mesdames les Fées

Les Mémorables Fredaines d'un Singe,

Fantaisie comique pour égayer les petits amis, suivie de l'histoire de dame Trotte, de son chien, et de mademoiselle Minette, chatte très-sociable, très-spirituélle, et parfaite ménagère.

Jeux et Exercices des petites Filles,

Vrai trésor des récréations, explications d'une foule de jolis jeux pour varier ses plaisirs pendant tout le temps des vacances.

Choix de fables de la Fontaine,

Bonnes à apprendre, à réciter ou à regarder, tant sont jolies toutes les bêtes causeuses dessinées à l'imitation de l'inimitable Grandville.

Robinson Crusoé,

Aventures curieuses d'un naufragé, gravures non moins curieuses et fort exactes de son costume, de son merveilleux parasol, etc., dont lui seul est l'inventeur, attendu qu'il ne trouva ni chapelier, ni tailleur, ni cordonnier, ni âme qui vive dans l'île où il échoua, ce qui prouve que c'était une île déserte.

Voyages de Gulliver,

Autres admirables, mémorables et incroyables aventures d'un autre voyageur, transporté, hissé, tombé en des peuplades dont on n'a jamais pu découvrir la situation sur aucune carte géographique.

Promenades au Jardin des Plantes,

Petit livre précieux et utile en toute occasion, savoir : lorsqu'il fait beau, comme guide des jeunes promeneurs dans ce beau jardin; et lorsqu'il pleut, comme étude au coin du feu, avec les portraits fidèles de la girafe, de Martin l'ours, de l'éléphant, etc.

Galerie des Animaux industrieux,

Suite au susdit cours d'histoire naturelle, en ce qu'il démontre par des anecdotes fort curieuses sur l'instinct, la sagacité des susdits animaux tant féroces que domestiques, bipèdes que quadrupèdes, etc.

Fridolin, historiette tirée de Schiller,

Ouvrage édifiant et moral, qui prouve à tous les petits enfants les avantages de la sagesse, et les récompenses que le bon Dieu leur réserve.

Les Contes des Fées de Ch. Perrault.

Grand livre illustré où resplendissent, en de belles gravures coloriées, les robes couleur du soleil, les aigrettes et les panaches des princes et princesses. Vignettes innombrables qui représentent les mémorables tours d'adresse du Chat botté, la jolie petite pantoufle de verre de mademoiselle Cendrillon ; tant, enfin, il y a de belles images, que l'on ne saurait décider s'il est plus charmant de lire ou de regarder.

Album des Enfants,

Mosaïque récréative de gravures, vignettes, contes, fables et historiettes, passe-temps de cérémonie pendant les réceptions de la maman.

Panorama des Peuples.
Géographie en Estampes.
Génie des Arts, etc.

Grands volumes, vrais livres pour les demoiselles savantes, les jeunes gens qui ne jouent plus, livres ornés de belles gravures qu'ils regarderont encore avec grand plaisir, bien qu'ils soient assurément des personnages fort raisonnables.

Et tous ces grands, ces petits livres, sont bons à lire et beaux à voir ; tous sont satinés, glacés, dorés, argentés, peints, azurés, bigarrés, chamarrés.

Magnifiques ! . . . . . et peu chers.

Imprimerie Schneider et Langrand, rue d'Erfurt h.

SUPPLÉMENT AU CATALOGUE

DE LA LIBRAIRIE

D'AMÉDÉE BÉDELET,

20, rue des Grands-Augustins, au 1er.

⟶⟶⟶❖❖❖⟵⟵⟵

OUVRAGES DE FONDS.

LES CONTES DES FÉES,

DE CHARLES PERRAULT,

Illustrés par un grand nombre de vignettes sur bois et 10 gravures sur acier, coloriées d'après les dessins de MM. Pauquet; un beau volume grand in–8°.

PRIX : Broché. . . . . 8 fr.
      Cartonné élégamment. 9   50 c.
      Relié en toile anglaise, tranche dorée, fers spéciaux. 12

J'ai acquis de M. Fourmage le Fonds et la Propriété des Ouvrages suivants.

LE GÉNIE DES ARTS,

Éducation morale et religieuse, Nouvelles, Histoires, Contes où figurent les Hommes célèbres dans les arts, poëtes, sculpteurs, peintres et orateurs ; précédés d'une Étude sur la vie et les travaux de ces génies, et l'influence qu'ils ont exercée sur leur siècle, par ALFRED VANAULD. Un beau volume grand in–8°, illustré de 17 dessins à deux teintes, par Lassalle.

PRIX : Broché, avec les gravures en noir. . . . . 8 fr.
      Cartonné élegamment avec une jolie couverture. 9   50
      Relié en toile anglaise, tranche dorée, fers speciaux 11
      Figures coloriées, relié en toile, tranche dorée 15

GEOGRAPHIE EN ESTAMPES,

Nouvelles et Études géographiques, par Ch. RICHOMME et A. VANAULD. Un beau volume grand in–8°, illustré par 17 dessins à deux teintes, par Lassalle.

PRIX : Broché, avec les gravures en noir. . . . . 6 fr.
      Cartonné elegamment. 7
      Relié en toile anglaise, tranche dorée, fers spéciaux. . . . 10   50
      Figures coloriées, relié en toile, tranche dorée. 12

PANORAMA DES PEUPLES,

Nouvelles et Études géographiques, par A. VANAULD. Un beau vol.
grand in-8°, illustré par 17 dessins à deux teintes, de Lassalle.

PRIX : Broché , avec les gravures en noir. . . . .   6 fr.
      Cartonné élégamment.   7
      Relié en toile anglaise , tranche dorée, fers spéciaux.   9
      Figures coloriées, rel. en toile, tranche dorée.   12

PIERRE ET FANCHETTE,

OU LE FRÈRE ET LA SOEUR, nouvelle pour le jeune âge, par Ch. RI-
CHOMME. Joli vol. in-8°, illustré de 9 dessins par Lassalle.

PRIX : En noir, cartonné élégamment. . . . .   6 fr.
      Relié en toile anglaise, tranche dorée.   7
      Colorie , relié en toile, tranche dorée.   9

LES DOUZE ÉTOILES,

Couronne des vertus et des talents. Joli volume grand in-8°, texte par
Ch. RICHOMME, illustré de douze portraits de femmes célèbres de France,
lithographiés par Lassalle.

PRIX : Cartonné élégamment. . . . .   6 fr.
      Relié en toile anglaise , tranche dorée.   7
      Figures coloriées, relié en toile, tranché dorée.   9

KEEPSAKE DE LA JEUNESSE,

Loisirs de l'Enfance. Joli volume in-8°, illustré de 17 lithographies ,
par Lassalle.

PRIX : Cartonné élégamment. . . . .   6 fr.
      Relié en toile anglaise , tranche dorée. . ·   7
      Figures coloriées, relie en toile, tranche dorée.   9

L'ERMITE DE ROSE AUX BOIS,

Récréations de l'Enfance, histoires et contes recueillis par Mme Julie
DES AULNES, illustrés par 16 dessins à deux teintes , de Victor Adam.
Joli volume grand in-18 , format anglais.

PRIX : Broche , figures noires. . . . .   3 fr.
      Cartonné élegamment.   4
      Relie en toile anglaise , tranche doiée   5
      Fig. col. , relié en toile , tranche doree   6

LES VEILLÉES DES SALONS,

Album des Familles, nouvelles, contes historiques et moraux , par
A. VANAULD. Un magnifique volume in-4°, illustré de 13 belles lithographies par Lassalle.

PRIX : Fig. noires , cartonné élégamment. . . . .   8 fr.
      Fig. coloriées, cartonne élégamment, tranche dorée, etui .   12

LES PRINCIPAUX MONUMENTS FUNÉRAIRES

Du Père La Chaise, de Montmartre, du Mont-Parnasse et autres cime-
tières de Paris, lithographies par Lassalle, texte par M. MARTY. Un beau
vol. in-4°, contenant 84 tombeaux, une vue et un plan du Père La Chaise.

PRIX : Cartonné, dos en toile . . . . 45 fr.
      Fig. pap. de Chine 60
      Figures coloriées 80

PLAN DU CIMETIÈRE DU PÈRE LA CHAISE,

Par Rousseau, gravé par Leroux, sur demi-colombier, vélin, colorié.

PRIX 1   50

PETIT ALBUM DU PAYSAGISTE,
PAR TIRPENNE.

Volume in-8° oblong, cartonné, contenant un grand nombre d'etudes
et plusieurs paysages coloriés avec la première teinte et le fini.

PRIX : . . . . 5 fr.

SIX GRAVURES DE PIÉTÉ,

Gravées au burin sur acier d'après des dessins nouveaux.

Ces six gravures, destinees à orner les livres de prières, se
    vendent en noir chacune . . . . »fr.   50
Coloriées avec soin, genre aquarelle 1
Avec un entourage dans un nouveau genre bleu et or et le
    sujet colorie 1   50

OUVRAGES SOUS PRESSE,

Qui seront terminés au mois d'août.

CONTES DE LA TAPISSERIE,
MUSÉE HISTORIQUE ET MORAL,

Nouvelles, contes, histoires, légendes, par A. VANAULD, un beau volume grand in-8° jésus, illustré de 17 lithographies à deux teintes.

PRIX : Broché . . . . 10 fr.
      Cartonne avec une jolie couverture 12
      Relie en toile anglaise, tranche dorée 14
      Gravures coloriees, relie en toile anglaise, tranche doree . . 17

UN GRAND LIVRE POUR LES PETITS ENFANTS,

Alphabet suivi des contes et chansons de la bonne maman, de fables, etc.
Joli volume grand in-8°, raisin, orné d'un grand nombre de vignettes sur
bois et de jolies gravures sur acier, coloriées.

PRIX : Cartonné très-elegamment . . . . 5 f.
      Relie en toile anglaise, tranche dorée 6   50

LIVRES D'ASSORTIMENT EN NOMBRE.

L'IMITATION DE JÉSUS-CHRIST,

Edition Curmer, traduction de M. l'abbé Dassance, 1 vol. grand in-8°, illustré de 10 belles gravures sur acier et d'un frontispice colorié.

PRIX : Broché. . . . . 20 fr.
   Jolie demi-reliure maroq., filets vernis, tranche dorée . . . 27
   Emboîtage en maroq. noir, par Niedrée 30
   Reliure en veau, gothique, tranche dorée, par Niedrée . . . 30
   Reliure en maroq. plein, par Niedree 33

MÉMOIRES D'UNE POUPÉE,

Contes dédiés aux petites filles, par Mˡˡᵉ Julie GOURAUD, un beau volume grand in-8°, illustré par un grand nombre de vignettes dans le texte et 12 gravures coloriées avec soin.

PRIX : Broché . . . . 12 fr.
   Relié en toile anglaise, tranche dorée. 15

LA MORALE EN ACTION ILLUSTRÉE,

Publiée sous la direction de MM DELESSERT et DE GÉRANDO, un volume grand in-8°.

PRIX : Relié en toile anglaise, tranche dorée. . . . . 10 fr.

LA MORALE EN IMAGES ILLUSTRÉE,

Contes de ma mère, 1 vol. grand in-8°.

PRIX : Broché. . . . . 10 fr.
   Cartonne, jolie couverture. 12
   Relié en toile, tranche dorée. 14

BERQUIN ILLUSTRÉ,

L'ami des enfants et des adolescents, un beau volume grand in-8°.

PRIX : Relié en toile anglaise, tranche dorée . . . . 10 fr.

LES ANIMAUX CÉLÈBRES,

Intelligents et curieux, 1 vol. in-8°, illustré d'un grand nombre de gravures, par Giroux.

PRIX : Relie en toile anglaise, tranche dorée. . . . . 8 fr.

LES PETITS-NEVEUX DE GULLIVER,

Par Émile BOUCHERIE, un vol. in-8°, illustré d'un grand nombre de gravures.

PRIX : Relié en toile anglaise, tranche dorée . . . . 7 fr.

LA PETITE-FILLE DE ROBINSON,

Un volume in-8°, illustré de 12 gravures.

PRIX : Relié en toile, tranche dorée. . . . .

Imprimerie de HENNUYER et TURPIN, rue Lemercier, 24, Batignolles.

www.ingramcontent.com/pod-product-compliance
Lightning Source LLC
Chambersburg PA
CBHW061651180626
46818CB00003B/1054

* 9 7 8 2 0 1 9 4 9 3 9 3 6 *